AF356021

(N° 151)

Vente du Mardi 16 Février 1897

Hôtel Drouot, Salle N° 8

ENVIRON

10,000 ESTAMPES

Anciennes et Modernes

LITHOGRAPHIES

Caricatures, Costumes Militaires

Coiffures, Portraits, Vignettes, Vues de France

ET

DESSINS

Mᵉ MAURICE DELESTRE
COMMISSAIRE-PRISEUR
5, Rue Saint-Georges, 5

M. DUPONT AÎNÉ
MARCHAND D'ESTAMPES
15, Rue de Seine, 15

CATALOGUE (N° 151)

D'ENVIRON

10,000 ESTAMPES

ANCIENNES & MODERNES

LITHOGRAPHIES

CARICATURES, COSTUMES, COIFFURES
COSTUMES MILITAIRES
PORTRAITS, VIGNETTES, CHASSES, VOITURES
VUES DE FRANCE

ET

DESSINS

DONT LA VENTE AURA LIEU

HOTEL DES COMMISSAIRES-PRISEURS, RUE DROUOT

Salle N° 8

Le Mardi 16 Février 1897

à deux heures précises.

Par le Ministère de M° **MAURICE DELESTRE,** commissaire-priseur

5, rue St-Georges

Assisté de M. **DUPONT aîné,** marchand d'Estampes, rue de Seine, 15.

Paris — 1897.

DÉSIGNATION

ESTAMPES

ADAM (V.)

1 — Voitures de Paris. 14 feuilles, très belles épreuves coloriées.

2 — Chevaux, chiens, cerfs, etc. 50 p.

BEISSON, F. DAVID, LIGNON

3 — Portraits de J. P. Marat, d'après Boze. — Louis XVIII. — Louis-Philippe. — Le duc de Berry, en pied in-fol. 4 p.

BELLANGÉ (H.)

4 — Costumes militaires publiés chez Gihaut. 21 p. coloriées.

5 — Sujets militaires et autres. 19 p.

BOILLY (L.)

6 — Ça ira. — Ça a été, par Mathias et Texier. 2 p. coloriées.

7 — La Rue du Gros horloge à Rouen. — Tour de l'Horloge à Evreux. — Façade de l'Eglise de Brou. — Tour des archives à Vernon. 4 p. très belles épreuves sur chine.

8 — Vues, paysages, vignettes. 19 p.

BOREL et AUBRY

9 — Le Mariage conclu. — Le Mariage rompu, par R. De Launay. 2 p., belles épreuves.

CALLOT (J.).

10 — Portrait du Sénateur. Belle épreuve, très rare.

11 — Les Bohémiens, foire de Gondreville, caprices. 16 p.

CARESME

12 — Le Réveil du Carlin, par Carrée. Belle épreuve.

CARICATURES

13 — Caricatures sur Charles X. 17 p. en noir et coloriées.

14 — Caricatures sur Louis-Philippe. 38 p.

15 — Caricatures politiques et autres. 37 p.

16 — Incroyables. — Coiffures. 8 p. en noir et coloriées.

17 — Scènes de mœurs, caricatures. 45 p. coloriées.

CHAMPOLLION, TOUSSAINT, WALLET, ETC.

18 — Sujets gravés à l'eau-forte d'après Boucher, Fragonard, Nattier. 14 p. avant la lettre.

CHAPLIN et Edm. HÉDOUIN

19 — Sujets divers gravés à l'eau forte. 10 p.

CHAPUY

20 — Vue de la Malmaison du côté de l'Orangerie. — Vue
du château de Versailles. — Vue de l'entrée du grand
Trianon, d'après Mongin. 3 p. en couleur.

21 — Vue de la grande serre du Jardin des plantes à Paris.
— Vue du labyrinthe, d'après Mongin. 2 p. en couleur.

CHARLET

22 — Costumes militaires, ex-garde. 25 p., très belles épr.

23 — Garde impériale. 23 p.

24 — Sujets militaires. 65 p.

25 — Sujets divers. 79 p.

CHARLET et RAFFET

26 — Etudes pour l'Ecole polytechnique. — Campagne d'Italie. 34 p.

COCHIN, GAUCHER, MÉCOU

27 — Portraits de David Hume, le président Hénault, Le Tasse, le général Bertrand. 26 p. en nombre.

COIFFURES

28 — Coiffures par Desrais et Le Clerc. 7 p. coloriées.

COSTUMES

29 — Bals et travestissements. 45 p.

30 — Acteurs et actrices des différents théâtres. 77 p.

31 — Costumes de 1830, in-fol. 9 p.

32 — Galerie de costumes. 62 p. en noir et coloriées.

33 — Costumes par Herbet et autres. 38 p. coloriées.

34 — Costumes des Cantons suisses. 8 p. coloriées.

35 — Mœurs et costumes d'Italie. 18 p. coloriées.

36 — Modes et costumes. Environ 200 p. en noir et coloriées.

COSTUMES MILITAIRES

37 — Costumes militaires anciens. 39 p. la plupart coloriées.

38 — Costumes militaires. 40 p. coloriées.

39 — Costumes et sujets militaires. 50 p.

40 — Costumes militaires allemands. 50 p. coloriées.

41 — Costumes militaires. Environ 150 pièces en noir et coloriées.

DAVID (A. F.)

42 — Le Marchand d'orviétan, d'après Karel Dujardin. Très belle épreuve avant la dédicace.

DEBUCOURT

43 — Réception de Mme la duchesse de Berry par S. M. Louis XVIII à Fontainebleau, le 15 juin 1816, d'après Carle Vernet. Très belle épreuve, a été pliée. Très rare.

44 — Intérieur d'une cuisine, d'après Drolling. Belle épr.

45 — Les joueurs de boules. — Les Aveugles. 2 p. coloriées.

46 — La Toilette d'un clerc de procureur. — Marchande d'Eau-de-vie. — Marchande de Saucisses. 3 p. coloriées.

DECAMPS

47 — Partie de son œuvre. 42 p.

DE DREUX (A.) et V. ADAM

48 — Exercices équestres. — Chevaux. 17 p.

DELAFOSSE

49 — Meubles, gaines, panneaux. 8 p.

DESNOYERS (A.)

50 — Pénibles adieux ; in-fol. Très belle épreuve.

DESSINS

51 **Bellangé** et **H. Vernet**. Cavaliers. 4 dessins à la sépia et à l'aquarelle.

52 **Blanc** (C.). Le Fauconnier. Beau dessin au crayon noir, signé.

53 **Boilly, Lancret, Drolling.** Sujets et études. 10 dessins.

54 **Bouchardon, Horremans, de Troy.** Enlèvement de Déjanire. — Portraits. 3 dessins.

55 **Bouton, Granet, Renoux.** Intérieurs de cloîtres. 3 dessins à la sépia.

56 **Courtois, Sarrazin, Silvestre.** Paysages. 7 dessins.

57 **Coypel, Lemoine,** etc. La Musique. — Andromède, — Mausolées. 4 dessins.

58 **De Boissieu** et **Demarne**. Portraits de femmes. — Sujets champêtres. 5 dessins et croquis.

59 **Divers**. Allégorie pour un écran. Aquarelle sur satin.

60 — Dessins d'ornement. 24 p.

61 — Dessins des écoles italienne et flamande. 15 p.

62 — Portraits de Ponce, graveur, Tavernier, graveur, Sauzay, peintre, Rosa Bonheur, Cte de Porry. 11 dessins.

63 — Dessins et aquarelles. 16 p.

64 **Drouais**. Tête de jeune garçon. Aux trois crayons.

65 **Ecole allemande**. Sainte Catherine. Dessin à la plume.

66 **Fragonard** (H.). Sujets religieux d'après l'Albane et Guido-Reni. 2 dessins au crayon noir.

67 **Gaillard** (F.). Jeune garçon et jeune fille. — Etudes de figures. 3 dessins.

68 **Greuze** (J.-B.). Tête de jeune fille. A la sanguine.

69 **Hubert-Robert**. Ruines romaines. 3 dessins à la sanguine et à la gouache.

70 **Gros**. Sujets historiques sur Napoléon, etc. 6 calques à la plume.

71 **Johannot** (Alfr.). Réunion de seigneurs et de dames. Beau dessin à l'aquarelle. Signé.

72 **Julien de Parme**. Le Tombeau de Daphnis. Beau dessin à la sépia, signé et daté.

73 **Lagrénée** et **Jouvenet**. Sujets mythologiques. — Etudes de figures pour plafonds. 8 dessins, crayon et sanguine.

74 **Marillier, Le Prince, Swebach**. Vues, batailles, vignettes. 8 dessins.

75 **Moreau** (L.). Paysages. 2 gouaches.

76 **Nicolle**. Vue des environs de Rome. Aquarelle.

77 **Pillement** (J.). Paysages. 2 gouaches, signées et datées.

78 **Prudhon** (attr.). Flore. Dessin au crayon noir rehaussé de blanc.

79 **Saint-Aubin, Oudry, Greuze.** Etudes, portrait, paysage. 10 dessins et croquis.

80 **Schelfhout** et A. **Van de Velde.** Paysage avec ruines. — Marine. 2 dessins à l'encre de chine.

81 **Yvon.** Sujets militaires. — Etudes de chevaux. 7 dessins.

DESTOUCHES

82 — L'Attente du bal, par Ruhierre. Très belle épreuve.

DEVÉRIA (A.)

83 — Motifs variés. Suite de 12 p., avec la couverture.

84 — Sujets divers lithographiés. 34 p.

DIVERS

85 — Gravures d'après A. Durer, Rembrandt, etc. 18 p.

86 — Ecole française du XVIII⁰ siècle. 21 p.

87 — Gravures en bistre et en couleur. 18 p.

88 — Sujets des Ecoles française et anglaise du XVIII⁰ s. 18 p. en noir et en couleur.

89 — Ecole anglaise. 11 p.

90 — Ecole anglaise moderne. 19 p.

91 — Gravures diverses de l'école ancienne. 44 p.

92 — Gravures anciennes et modernes. 50 p.

93 — Estampes de l'école ancienne. Environ 100 p.

94 — Gravures diverses, eaux-fortes, lithographies, bois, etc. Environ 50 p.

95 — Galerie de Versailles. 128 p.

96 — Eaux-fortes et gravures tirées du Journal l'*Art*. 60 p.

97 — Eaux-fortes diverses. 73 p.

98 — Environ 100 numéros de texte de la *Caricature*. Années 1830 à 1833.

99 — Galerie Durand-Ruel. Plusieurs livraisons.

100 — Œuvres de Buffon, in-8. Un lot de livraisons.

101 — Affiches. 20 p.

DRANER

102 — Types militaires. 118 p. coloriées.

ECOLE ANGLAISE

103 — The love letter. — Friendship. 2 p. ovales imprimées en bistre.

EISEN, COYPEL, etc.

104 — La Double fécondité. — Jupiter et Leda. — Le Bain. 3 p. dont deux avant la lettre.

ESCRIME

105 — Brevet de pointe. — Brevet de contre-pointe. — Brevet de danse. 3 p. coloriées.

EX LIBRIS, MENUS, FRONTISPICES

106 — Ex libris, menus, adresses, armoiries, calendriers. 26 p.

107 — Frontispices du XVIII° siècle. 24 p.

108 — Frontispices anciens et modernes. 39 p.

109 — Brevet de maître maréchal-ferrant. Epreuve sans inscription, sur parchemin.

FRAGONARD fils

110 — Sujets historiques et de genre. 12 p. belles épreuves.

GAILLARD (F.)

111 — Œdipe. — La Vierge de la Maison d'Orléans. — Portrait de Mistral, etc. 5 p.

GATINE, ALIX, etc.

112 — Costumes et travestissements. 16 p. coloriées.

GAUTIER (L.)

113 — Le Rialto — Château de Chillon — Pont de Broocklin — Cerfs au repos, d'après Rosa Bonheur. 4 p.

GAVARNI

114 — Lithographies diverses. 37 p. en noir et coloriées.

GÉRICAULT

115 — Un chariot chargé de soldats blessés, lithographie originale. Belle épreuve ; un coin du haut enlevé.

GILBERT et DAMERON

116 — Entrée triomphale des Prussiens à Paris. — Rentrée triomphale à Berlin. — Le Retour du Marché, eau-forte avant la lettre. 3 p.

GRANDVILLE, ISABEY, etc.

117 — Les Fleurs animées. — Caricatures, etc. 21 p. en noir et coloriées.

GRÉNIER et H. LECOMTE

118 — Scènes familières et romantiques. 30 p.

GREUZE (J. B.)

119 — La Mère bien aimée, par Massard. Belle épreuve, signée au verso.

HUET (J. B.)

120 — Bergers gardant leurs troupeaux, par Auvray. Très belle épreuve en couleur.

HUET (Paul)

121 — Grands paysages gravés à l'eau-forte. Suite de 6 p. sur chine.

ISABEY (Eug)

122 — Vues de Caen et de Rouen ; Marines. 9 p , très belles épreuves.

JACQUE (Ch.)

123 — Les douze mois, par Adrien Lavieille. Très bel exemplaire sur chine volant, avec la couverture.

JACQUEMART (J.)

124 — Bijoux, vases, fleurs. 12 p. avant et avec la lettre,

JEAURAT et BÉNAZECH

125 — Le Carnaval des Rues de Paris — La Liberté du braconnier. 2 p. sans marge.

LALAISSE

126 — Costumes militaires du second empire. 14 p., très belles épreuves coloriées.

127 — L'Armée française et ses cantinières. 21 p., très belles épreuves coloriées.

LALAISSE et LACAUCHIE

128 — Costumes militaires français et étrangers. 27 p. coloriées.

LALANNE (Max.)

129 — Vues diverses en héliogravure. 25 p.

LAMI (Eug.), MONNIER, etc.

130 — Causerie du soir. — Soirée du grand monde. — L'Espoir de sa famille. — Scènes de la vie à la campagne, etc. 16 p. coloriées.

LAMI et VERNET

131 — Costumes militaires de 1791 à 1824. 2 vol. gr. in-8, demi-rel., tête dorée, non rogné, contenant 148 pl. en couleur sur papier gris.

132 — Costumes militaires. 31 p. en noir et coloriées.

LAURENT (P.) et AVRIL

133 — Mort du chevalier d'Assas. — Le Patriotisme français, in-fol. 2 p.

LAVRATE

134 — La Garde nationale. — Nos troupiers. 41 p. col.

135 — Revue comique. — Le monde plaisant. 51 p. col.

LE BRUN

136 — La Sultane infidèle, par Voysard. Belle épreuve, marges.

LECOMTE (H.)

137 — Costumes civils et militaires de la Monarchie française, depuis 1200 jusqu'en 1820. 208 pl. coloriées.

LEMUD (de)

138 — Le Café. — Le Vin. — Les Dénicheurs. — Les Maraudeurs. 4 p., très belles épreuves.

LE PAUTRE et AVELINE

139 — Chapelle et château de Versailles. 65 p.

LE POITTEVIN

140 — Diableries, suite de douze pièces. — Ombres fantastiques, suite de douze pièces. Ensemble 24 p. très belles épreuves.

LE PRINCE (J. B.)

141 — La Consultation, par F. David. Très belle épreuve avant la lettre.

LEVACHEZ

142 — Bivouac de S. M. l'Empereur, le 1er mars 1815. Très belle épreuve. Rare.

143 — Députés à l'Assemblée nationale, in-4. 6 p.

LITHOGRAPHIES

144 — Passe-temps, par V. Adam. — Conservatoire de danse moderne. 21 p. coloriées.

145 — Lithographies par Eug. Delacroix, Th. Fragonard, Léopold Robert, Swebach, etc. 36 p.

146 — Lithographies par Eug. Lami, Madou, Roqueplan, Johannot. 34 p.

147 — Lithographies et gravures diverses. 900 p. Cinq lots.

MALENSON et LE BRUN

148 — Vues de Rouen et des environs. 16 p.

MARIAGE

149 — Portrait de Charlotte Corday, d'après Lelu. Belle épreuve, toute marge.

MARTIAL (R.)

150 — Paris pendant le Siège. Suite complète de 12 p. avec la couverture.

151 — Paris sous la Commune. Suite complète de 12 p. avec la couverture.

MEISSONIER (d'après)

152 — Sujets gravés par Lalauze, Margelidon, Gautier, Letellier, Nargeot, Ruet. 7 p. avant et avec lettre et non terminées.

MILLET (J. F.)

153 — Les quatre heures du jour, par Lavieille. Epreuves d'artiste sur chine, avec la couverture.

154 — Les Travaux des Champs, par Ad. Lavieille. 3 feuilles contenant dix sujets sur chine volant.

MOREAU le jeune

155 — Au roi — A la reine, par N. Lemire. 2 p., belles épreuves, sans marge.

NAPOLÉON (Pièces sur)

156 — L'Aigle le suit — Quarante siècles le contemplent, par Gautier, d'après Karl Girardet, in-fol. 2 p.

157 — Portraits et sujets divers. 17 p.

158 — Napoléon et sa famille. 27 gravures et dessins.

PÉRELLE et AVELINE

159 — Palais et jardins de Versailles. 65 p. belles épreuves.

PETIT (S.)

160 — La Roue de fortune — Croyez à ma fidélité. 2 p. très belles épreuves.

161 — Le Jeune guerrier jurant de mourir pour la Patrie — Le brillant hussard obtenant la main de la Belle. 2 pièces très belles épreuves avant toute lettre.

PETIT (Victor)

162 — Maisons de campagne. 48 p.

PIÈCES HISTORIQUES.

163 — Lever du Roi — La Cérémonie des Offrandes, par Arrivet. 2 p. très belles épreuves.

164 — Sacre de Charles X dans la cathédrale de Reims le 29 Mai 1825, in-fol. 7 pl. sur chine et texte. (incomplet)

165 — Album du siège d'Anvers, par Vandennest. 7 p.

166 — Sujets historiques. 19 p.

167 — Sujets historiques, batailles, etc. 26 p. gravées à l'aquatinte, en noir et coloriées.

PIGAL, PLATTEL, etc.

168 — Scènes de mœurs. 24 p. coloriées.

PORTRAITS.

169 — Portraits anciens, in-fol. 15 p.

170 — Portraits tirés de l'Iconographie de Van Dyck. 40 p. anciennes épreuves. Deux lots.

171 — Portraits tirés des collections Janet, Devéria, etc. 20 p. avant et avec la lettre.

172 — Portraits tirés du Plutarque français. 125 p. coloriées.

173 — Portraits de Napoléon III et de l'Impératrice Eugénie, tissés sur satin. 2 p. de couleurs différentes.

174 — Portraits de femmes. 15 p.

175 — Portraits gravés à l'eau-forte par Cattelain. 26 p.

176 — Portraits divers anciens et modernes. 25 p.

177 — Portraits divers. 33 p.

178 — Portraits de Boucher, Choffard, Cochin, Debucourt, Eisen, Fragonard, Gravelot, Moreau le jeune et des principaux graveurs du XVIIIe siècle par A. Varin, in-8. 206 p. avant la lettre et à l'eau-forte ; plusieurs doubles.

179 — Portraits anciens et modernes. 1200 p. Six lots.

PRUDHON (P. P.)

180 — Hymen et bonheur, par Villerey, lettres grises. —
L'Amour séduit l'Innocence, par Roger. 2 p.

181 — Sujets divers lithographiés. 13 p.

RAFFET

182 — Prise et retraite de Constantine, sept pièces. —
Siège d'Anvers, huit pièces. — Voyage en Russie, dix
pièces. Ensemble 25 p.

183 — Siège de Rome. 16 p.

184 — Voyage en Russie. 37 p.

185 — Lithographies diverses. 23 p.

RÉGNIER et BETTANNIER

186 — Le Musée des rieurs. 6 p. belles épreuves coloriées.

REYNOLDS (S. W.)

187 — La Dame au chapeau de paille, d'après Rubens.
Belle épreuve, lettres grises.

RIGAUD (J.)

188 — Vues de Versailles, Chantilly, etc. 18 p.

SAINT-VAL

189 — L'Enlèvement, par Payen. Belle épreuve.

SCHALL

190 — Les Oies de frère Philippe. — Le Gascon puni; contes de Lafontaine, par Laindor. 2 p.

SCHALL et BAUDOUIN

191 — La Conviction. — La Défaite, par Marchand. —
Les Amants surpris, copie. 3 p.

SINGLETON

192 — Les Anglaises faciles, par Bartolotti. Belle épreuve.

SPORT

193 — Amazones, d'après Alfred de Dreux. 6 p.

194 — Sujets de chasse. 40 p.

195 — Chevaux, chasses. 32 p.

196 — Chasses d'après Howard. Suite de 4 p.

197 — Chevaux, chasses, voitures. 24 p.

SUDRÉ et JACOB

198 — Portraits de personnages célèbres, in-4. 23 p.

VANLOO (C.)

199 — La Sultane, par Beauvarlet. Belle épreuve, marge.

VERNET (Carle).

200 — Chevaux. 14 p.

VERNET (C. et H.).

201 — Sujets militaires et autres, 114 p.

VIGNETTES

202 — Vignettes de Séb. Leclerc et autres. 11 p. dont plusieurs montées en dessin.

203 — Vignettes pour les œuvres de Chateaubriand, édition Pourrat. 85 p. en livraisons.

204 — Suite de vingt figures de Fragonard pour les *Contes* de Lafontaine par Du Bouchet, in-8. Épreuves du 4e état.

205 — Suite de 33 fig. de Moreau pour les Œuvres de Molière, édition Leclère, in-8. Tirage in-4.

206 — Vignettes de Raffet pour le Consulat et l'Histoire de France. Environ 100 p.

207 — Fumés sur chine tirés de différents ouvrages. 200 p.

208 — Vignettes anciennes et modernes. 41 p.

209 — Vignettes diverses. 35 p.

VIGNON

210   · Galerie des femmes fortes. — Victoires de Louis XIII. Ensemble 32 p.

VOITURES

211 — Sujets de voitures et attelages. 17 p.

VUES

212 — Vues de Paris par Janinet, Silvestre, Martinet, etc. 17 p.

213 — Vues de Paris. Environ 50 p.

214 — Vues anciennes de Versailles. 80 p.

215 — Vues de Versailles, Chantilly, Meudon, etc. 45 p. coloriées.

216 — Vues de Fontainebleau, gravées en Angleterre. 4 p.

217 — Château de Marly, par Guillaumot. 14 p.

218 — Vues de Rouen, Evreux, Caen, Orléans, etc. 35 p. lithogr.

219 — Vues de Normandie tirées du *Voyage romantique*. 65 p.

220 — La Carrière de Nancy, par Callot. — Le Collège des Quatre-Nations par Israël Silvestre. — Vues d'Amsterdam. — Vues d'Espagne. 8 p.

221 — Vues et costumes de la Provence et du Bordelais. 21 gravures et dessins.

222 — Vues de France anciennes. 75 p.

223 — Vues d'Italie. 33 p.

WESTALL (R.)

224 — La Lecture de la Bible. Très belle épreuve en couleur.

YVON (Ad.)

225 — Les sept péchés capitaux, in-fol. Suite complète de 7 p. avec la légende.

226 — Papier ancien et papiers à montages. 3 cartons.

227 — Un lot de portefeuilles.